DISCOURS

PRONONCÉ PAR

M. MÉLINE

DÉPUTÉ

de l'Association de l'Industrie française

LE 17 MAI 189.

au Palais des Congrès

ROUEN

DISCOURS

PRONONCÉ PAR

M. MÉLINE

DÉPUTÉ

Président de l'*Association de l'Industrie Française*

LE 19 MAI 1893

AU PALAIS DES CONSULS

à

ROUEN

ROUEN

IMPRIMERIE DE LÉON BRIÈRE

RUE SAINT-LÔ, N° 7

—

1893

DISCOURS

DE

M. MÉLINE

————•o¦¡¦o•————

MESSIEURS,

Je suis profondément touché des paroles qui viennent de m'être adressées en votre nom par un des vétérans du travail national, de l'accueil que vous leur avez fait et des sympathies que je recueille ici autour de moi. Je ne veux pas, Messieurs, faire avec vous de fausse modestie, et je reconnais volontiers que j'ai eu un mérite: c'est d'être, depuis quinze ans, l'homme d'une idée, d'une idée qui peut se traduire par cette formule très simple : « Du travail pour les Français avant tout. » (*Très bien! très bien! Vifs applaudissements.*)

C'est cette idée, Messieurs, dont j'ai poursuivi la réalisation avec persévérance, et je le reconnais, quelquefois avec courage, toujours avec énergie. Des manifestations enthousiastes comme celle d'aujourd'hui sont pour moi la meilleure et la plus précieuse des récompenses.

La visite que je vous fais aujourd'hui n'est pas une visite de député ; ce n'est même pas le président de la Commission des douanes qui vient ici ; c'est, très modestement, le nouveau président de l'*Association de l'Industrie française.* *(Applaudissements.)* J'ai pensé que ma première visite était due à cette grande région qui incarne à la fois le génie industriel, commercial et agricole de la France, et où j'ai rencontré, en toutes circonstances, un si ferme et si fidèle appui.

Cette visite d'aujourd'hui m'en rappelle une autre : une visite que je vous faisais, il y a déjà dix ans, à titre officiel ; et elle m'amène à faire un retour vers le passé, tant cette visite marquait comme une étape dans cette grande campagne économique que je mène depuis quinze ans environ ; elle a commencé — les anciens d'entre vous sont seuls peut-être à s'en souvenir, — elle a commencé en 1877, par le rejet du traité projeté avec l'Italie.

Ce fut ce jour-là, Messieurs, que le travail national courut l'un des plus grands dangers, bien qu'on l'ait oublié ; car ce traité n'était pas seulement la confirmation de ceux de 1860, il était la préface et l'amorce de nouveaux traités qui se préparaient dans l'ombre et le mystère des chancelleries, avec la complicité un peu naïve de notre diplomatie. *(Applaudissements répétés.)*

C'est ce jour-là, je crois, que nous avons fait notre première connaissance ; nous nous sommes retrouvés en 1881 et 1882 : il s'agissait alors de savoir quelle serait l'orientation économique de la France. Nous avons essayé ensemble de la changer ; nous n'y sommes malheureusement pas parvenus. Le Parlement, malgré nos protestations, s'est obstiné à rester dans la situation

créée par les traités de commerce : nous avons
eu une nouvelle édition des traités de 1860. Mais
si nous n'avons pas réussi, nos efforts n'ont pas
été perdus ; nous avons empêché un grand mal,
en arrêtant la marche toujours ascendante du
libre-échange. Nous l'avons obligé à marquer le
pas en maintenant le *statu quo*.

Il est arrivé ensuite ce qu'on pouvait prévoir :
c'est que les industries sacrifiées par les traités
ont continué à végéter misérablement. Cette
situation, je le crains, aurait duré longtemps,
bien longtemps, si, quelques années après, un
nouveau combattant n'était entré en ligne, un
combattant plus puissant que l'industrie, plus
irrésistible surtout, parce qu'il représente le
nerf, la force, la puissance nationale de la
France : l'agriculture française. (*Applaudissements.*)

L'agriculture avait été aussi sacrifiée dans les
traités de 1860 ; mais elle ne s'en était pas
aperçue tout de suite, il serait trop long de vous
dire pourquoi ; elle ne fut pas atteinte immédiatement, mais le jour où elle le fut, elle le fut
plus qu'aucune autre branche de production ; les
pertes qu'elle éprouva atteignirent le chiffre de
près de 2 milliards par an.

Quand j'arrivai au ministère de l'Agriculture,
la crise était à son point culminant ; et tout de
suite, ma résolution fut prise : je compris qu'il
n'y avait pas une minute à perdre, si l'on vou-
lait prévenir un désastre irréparable. Je me
livrai à une enquête approfondie ; et comme
cette enquête me donna la conviction que le
principal facteur de la crise que nous subissions

était la concurrence étrangère, je compris qu'il était de mon devoir de porter tous mes efforts sur les branches de production pour lesquelles nous n'étions pas liés par des traités de commerce. *(Applaudissements.)*

' Il y avait quelque hardiesse à le faire : nous étions encore, en France, sous l'empire de ce préjugé qu'il est interdit de toucher aux denrées alimentaires pour mettre sur elles des droits de douane. Bien pénétré de cette idée que lorsque l'agriculture meurt, tout meurt, je n'hésitai pas. *(Applaudissements.)*

Je marchai cependant par étapes successives pour ne rien compromettre par un excès de précipitation.

La première réforme, celle de la loi sur l'industrie sucrière, eut pour résultat de sauver la culture de la betterave et du blé dans 30 départements.

J'abordai ensuite le relèvement des droits sur le bétail : c'était en 1884 : je me rappelle parfaitement cette date, qui m'est restée dans la mémoire, parce qu'elle coïncide avec ma visite ici au Concours régional agricole.

Le droit sur le blé faisait encore naître des hésitations dans mon esprit ; je déclarai néanmoins que je n'hésiterais pas à le proposer si la nécessité m'en était démontrée. Cette nécessité ne tarda pas à m'apparaître, et je ne reculai pas devant le devoir qu'elle m'imposait. *(Vifs applaudissements.)*

Voilà, Messieurs, l'œuvre accomplie en 1884 et 1885. Ces lois, dont je parle, datent maintenant de neuf ans : elles ont produit leurs effets, il est permis de les juger. Nos adversaires évitent aujourd'hui d'en parler, et pour cause ; eh bien ! c'est à nous d'en parler ; c'est à nous de rappeler ce qu'elles ont fait pour la France ; de rappeler, par exemple, que la loi sur l'industrie sucrière a non seulement sauvé la richesse de 20 à 30 départements, mais qu'elle a encore donné à la production du sucre en France un essor inespéré. Elle en a doublé l'importance, elle a augmenté la richesse générale de 100 millions par an, accru notre exportation ; et ce qui prouve combien nous avons raison de dire que le bon marché des produits résulte du développement de la production intérieure, le prix du sucre s'est abaissé. Et enfin le Trésor, le Trésor qui devait être ruiné par les primes accordées à la fabrication pour la pousser au progrès, le Trésor y a si bien trouvé son compte que les recettes des sucres, qui étaient, avant le vote de la loi, de 147 millions par an, ont été cette année de 205 millions. Voilà, Messieurs, les bénéfices qu'a procurés cette loi tant attaquée à l'origine. *(Vifs applaudissements.)* Oui, Messieurs, bénéfices pour l'agriculture, bénéfices pour le commerce extérieur, bénéfices pour l'industrie, bénéfices pour la richesse générale du pays. *(Applaudissements répétés. — Cris : Bravo ! bravo !)*

Avons-nous été trompés lorsque nous avons relevé les droits sur le bétail ?... L'encouragement a été tel — et vous le savez mieux que moi, car c'est ici qu'il a porté tous ses fruits, — il a donné une telle émulation à nos agriculteurs, qu'en quelques années, ce pays de France, qui était obligé de demander une partie de sa consommation à l'étranger, est arrivé, sauf pour le mouton, non seulement à se suffire, mais à se faire exportateur ; et, sans la lamentable sécheresse de cette année qui enraye ce mouvement, il est certain que l'exportation aurait continué à augmenter dans des proportions considérables.

Quant à la loi sur les céréales, elle a conservé à nos agriculteurs une moyenne de prix supérieure à celle des autres pays, sans relever pour cela le prix du pain. *(Vifs applaudissements.)*

Et maintenant, Messieurs, en présence de ces résultats, je demande à tous les hommes de bonne foi, à tous ceux qui ne sont pas aveuglés par le parti pris, je leur demande ce qui serait arrivé, je leur demande où en serait la fortune et la richesse de la France, si nous n'avions rien fait, si nous étions restés, comme nos adversaires nous le conseillaient, les bras croisés en face des ruines qui s'accumulaient autour de nous ; oui, je leur demande ce qui serait arrivé, si nous nous étions renfermés dans une superbe indifférence !... *(Vifs applaudissements.)*

Ces lois de salut auraient dû, ce semble, après une expérience si concluante, trouver grâce devant nos adversaires ; car, sans elles, je soutiens que non seulement nous serions en face d'une crise économique sans précédent, mais encore en face d'une véritable crise sociale. Ce n'est pas ainsi qu'on l'entend dans le camp des libre-échangistes, et il paraît, au contraire, que c'est moi, que c'est vous, puisque nous sommes des complices, qui avons déchaîné le socialisme en France !... *(Rires.)* Beaucoup d'entre vous, sans doute, Messieurs, ont lu avant-hier l'interview fort spirituel d'un ancien ministre des travaux publics. Cet ancien ministre est un homme d'un grand courage ; il est doué d'une énergie rare, à laquelle je me plais à rendre hommage ; mais, malheureusement, il n'a pas autant de logique que de courage. Embarrassé par ses opinions radicales, éprouvant le besoin de se justifier, il s'est avisé que le bouc émissaire de ses opinions devait être la protection, et il a déclaré à son interlocuteur que la seule cause du socialisme, c'était l'avènement du protectionnisme. Pour justifier sa thèse, il a repris le cliché bien connu : « Que du moment où l'Etat se » décide à intervenir pour régler nos relations » commerciales avec l'étranger, par des tarifs » de douanes, il n'y a pas de raison pour qu'il » n'intervienne pas également, afin de régler les » salaires des ouvriers... »

Voilà l'argument, Messieurs. Pour toute réponse, je pourrais me contenter de demander à M. Yves Guyot ce qu'il pense de ce qui se passe en Belgique. Là, nous ne sommes pas en face d'un pays protectionniste : la Belgique affiche au contraire des idées libre-échangistes inébranlables et elle s'en vante. Eh bien ! regardons un peu où en est le socialisme dans ce pays. Est-ce qu'il n'a pas atteint dans ces derniers temps un degré de violence que, Dieu merci, nous ne connaissons pas en France ?... Voyez les grèves terribles qui éclatent à chaque instant chez nos voisins !... Pourquoi cela ?... Très probablemens parce que les ouvriers belges ne sont pas satisfaits de leurs salaires. Ils le sont si peu qu'ils n'ont qu'un souci, c'est d'émigrer en France, où ils viennent chercher les salaires de nos ouvriers français. Il est bien permis d'en conclure que, pour les ouvriers, leur régime économique vaut moins que le nôtre. (*Applaudissements.*)

M. Yves Guyot aura beau faire. Les ouvriers savent très bien que lorsque le patron se ruine, il n'y a pour eux aucun espoir de bons salaires; ils savent parfaitement que lorsqu'une industrie n'est pas prospère, lorsqu'elle est écrasée par la concurrence étrangère, ils en sont les premières victimes.

Les libre-échangistes affectent de dire que les tarifs de douanes n'ont été faits que pour les industriels et non pour les ouvriers. Ils opposent les patrons aux ouvriers, comme si cela faisait deux choses distinctes qu'on puisse séparer. Un établissement industriel, c'est un être collectif (*Très bien! très bien!*), une association qui se compose de travailleurs, depuis le dernier des ouvriers jusqu'au directeur et au patron lui-même. (*Bravo! bravo!*) Tout ce monde de travailleurs a besoin d'une rémunération, qui est déterminée par le prix du produit lancé sur le marché, prix qui doit être suffisant pour rembourser les frais généraux, la matière première et la main-d'œuvre. Mais si, en face du produit français, vient se placer un produit étranger qui s'offre à meilleur marché, soit parce que la production étrangère a moins d'impôts à supporter, soit parce que la main-d'œuvre étrangère est moins élevée, que reste-t-il à faire à l'industriel? Oh! c'est bien simple, il n'y a pour lui que deux partis à prendre : ou bien fermer son établissement pour ne pas se ruiner, ou bien ramener les salaires de ses ouvriers au taux des ouvriers étrangers. *(Très bien ! — Vifs applaudissements.)* Est-ce là ce que veulent les libre-échangistes ?...

Ce matin, je lisais, en venant à Rouen, un article de M. Henri Maret, qui déclare que ce n'est pas le rôle de l'Etat de se mêler de choses pareilles et qui, reprenant l'argument de M. Yves Guyot, proclame qu'il n'y a pas de raisons pour que l'Etat « n'intervienne pas dans la fixation du salaire des ouvriers », puisqu'il se reconnaît le droit d'intervenir pour fixer les tarifs de douanes.

La raison est cependant facile à trouver et elle éclate à tous les yeux.

Pourquoi l'Etat règle-t-il les tarifs de douanes ? C'est parce qu'il est seul capable de traiter avec l'étranger !... Est-ce que vous allez demander à l'initiative privée de régler les rapports de la France avec les pays voisins ?... L'Etat a charge d'âmes. il est notre mandataire à tous, aussi bien le mandataire des ouvriers que celui des patrons ; et c'est lui qui doit défendre nos intérêts vis-à-vis de nos concurrents étrangers... *(Très bien ! Applaudissements prolongés.)*

Il ne fait pas autre chose lorsqu'il dit aux nations étrangères : « Vous n'enverrez vos pro-
» duits chez moi qu'en payant les droits néces-
» saires pour compenser les avantages dont vous
» jouissez à nos dépens, en payant la différence
» des impôts et en rétablissant l'égalité dans la
» production de façon à permettre à mes indus-
» triels de continuer à produire et à mes ouvriers
» de continuer à travailler. C'est une simple
» règle d'équité ! » *(Applaudissements.)*

Est-ce une raison pour que l'Etat, sortant de son domaine, porte sa main à l'intérieur sur les rapports du capital et du travail ?... Est-ce que ceci n'appartient pas absolument à l'initiative industrielle ?... Quel est l'ouvrier qui accepterait ici l'intervention directe de l'Etat ? Il ferait beau voir l'Etat s'occuper des salaires ?... L'ouvrier lui répondrait avec raison : « J'ai la prétention, si cela me plaît, d'avoir des salaires plus élevés que ceux que vous fixez et j'entends les discuter librement!... » *(Applaudissements.)*

L'intervention de l'Etat n'aurait ici aucune excuse, parce qu'elle n'est nullement nécessaire et qu'elle serait repoussée par les intéressés eux-mêmes. Les deux parties en présence ont chacune leurs droits et leur liberté d'action, et elles veulent en user librement. *(Très bien ! — Vifs applaudissements.)*

Et maintenant, supposons pour un instant que nous suivions la ligne de conduite qui nous est tracée par les économistes dont je parlais tout à l'heure ; supposons qu'on les ait écoutés, depuis dix ans, même sans appliquer leur doctrine dans toute sa pureté, qui est le libre-échange absolu sans tarifs de douanes ; admettons seulement que, depuis dix ans, nous soyons restés dans le *statu quo*, comme ils nous le demandaient, que nous n'ayons rien fait. Que serait-il arrivé ?... Il n'est pas un seul d'entre vous qui ne fasse la réponse : D'abord, l'agriculture se serait complètement ruinée, n'est-ce pas ?... Une industrie, quelle qu'elle soit, qui perd près de 2 milliards par an, ne peut pas continuer à travailler long-temps dans ces conditions. L'agriculture ruinée aurait liquidé sur une partie du territoire, et les populations agricoles, qui ont déjà trop de propension à se porter vers les villes, y seraient venues en masse, disputant les salaires, arrachant le pain aux ouvriers de l'industrie qui en souffrent déjà si cruellement.

L'industrie, mise en face de cette compétition de salaires, aurait-elle pu au moins donner du travail à tout le monde ?... Non, non, mille fois non !... *(Double salve d'applaudissements.)*

Quelle est en effet la meilleure clientèle de l'industrie, si ce n'est l'agriculture ?... Nous exportons de 1,500 millions à 2 milliards de produits fabriqués; il reste 10 milliards à consommer ; et le meilleur des consommateurs, c'est assurément l'agriculteur quand il est à l'aise. *(Nombreuses marques d'assentiment.)* Il serait donc arrivé ceci : le travail aurait manqué parce que la consommation intérieure aurait fait défaut. Et c'est à ce moment que les libre-échangistes auraient dit au malheureux producteur : « Tu as déjà perdu la plus grande partie de ta » clientèle intérieure ; nous allons te retirer » celle qui te reste, en ouvrant la porte toute » grande aux produits étrangers !... » Si pareille chose s'était produite, si cela se produisait jamais, nos adversaires en seraient cruellement punis, car, ce jour-là, la population ouvrière tout entière se lèverait en masse pour se ruer sur un gouvernement assez imprévoyant, assez aveugle, pour la jeter dans le gouffre de la misère, en livrant le pays à l'étranger. *(Tonnerre d'applaudissements.)*

Messieurs, vos applaudissements font justice

de ces sophismes, et ce n'est pas sur vous qu'ils auront prise. Mais cependant je veux retenir de ces efforts faits par nos adversaires, de ces articles publiés dans leurs journaux, chaque matin, je veux retenir ce qu'il faut en retenir : il y a là un symptôme, et un symptôme qu'il ne faut pas négliger. Il est facile de s'apercevoir que dans le camp de nos adversaires il y a une campagne admirablement dirigée pour tromper le pays.

En 1892, quand nous avons opéré la révision générale de nos tarifs, on pouvait espérer qu'en présence des résultats obtenus par les lois antérieures, ils seraient un peu plus modestes et plus réservés : l'expérience faite depuis 1884 leur donnait tort, et l'on pouvait supposer qu'ils se décideraient, au moins, à attendre les effets que devrait produire le régime nouveau. C'eût été juste et sage, en tous cas prudent, d'autant plus prudent que nous ne faisions rien de nouveau. Nous n'avons fait qu'achever l'évolution commencée en 1884. Les tarifs que nous avons faits, nous aurions pu les faire deux ans plus tôt, sans les traités de commerce qui nous en empêchaient. En 1892, nous nous sommes bornés à accorder aux différentes branches de l'industrie et de l'agriculture engagées dans les traités un traitement semblable à celui du sucre, du blé et du bétail, des produits qui n'étaient point compris dans ces traités.

C'était, il me semble, faire acte de justice ; et puisque la première expérience avait réussi, il était tout naturel de supposer que celle-là n'échouerait pas. On pouvait croire que nos adversaires attendraient de voir le nouveau tarif à l'œuvre avant de le juger ; nous ne leur demandions que cela. On ne peut pas être plus loyal, plus accommodant, plus libéral. Mais ce n'est pas ainsi qu'ils l'entendent. Ils nous ont déclaré, dès le premier jour, qu'ils ne désarmeraient à aucun prix. et, tout de suite, ils commençaient l'attaque : ils se sont dit sans doute que s'ils laissaient au nouveau régime économique le temps de s'acclimater, sans agir sur l'opinion publique, il deviendrait bientôt inattaquable.

Aussi, dès le lendemain de la promulgation des tarifs, ils proclamaient déjà que tout allait renchérir et essayaient d'ameuter contre eux la masse des consommateurs. Il s'est même trouvé un très grand restaurateur de Paris, qui cependant fait d'assez belles affaires grâce à l'agriculture, qui n'a pas craint d'augmenter immédiatement le prix de ses biftecks et de ses côtelettes avant même que le cours du marché de la Villette n'eût bougé d'un centime. *(Rires.)* Sans être curieux, je voudrais bien savoir s'il fait bénéficier aujourd'hui sa clientèle de l'énorme diminution du prix du bétail. *(Rires et applaudissements.)* J'en doute fort.

Cette première campagne a misérablement échoué, comme cela devait arriver, et l'on a cherché d'autres prétextes. Chaque mois en fait naître de nouveaux. Tantôt on s'empare de la diminution de nos recettes de douanes, diminution apparente, bien entendu. C'est en vain que je suis monté à la tribune pour démontrer que le déficit qu'on nous opposait n'existait pas, pour dire qu'il ne dépendait pas de nous d'empêcher un ministre des finances qui veut boucler son budget *(Rires)* d'évaluer les recettes des douanes à un taux excessif. *(Applaudissements.)* Tantôt c'est la fermeture d'un établissement qui leur sert de prétexte.

Il y a une semaine à peine, on exploitait, dans la presse parisienne, une baisse de 2 millions dans les revenus du Chemin de fer du Midi. On nous montrait l'Etat obligé de supporter cette perte par le jeu de la garantie d'intérêts. On se gardait bien de dire que l'Etat, qui pouvait perdre momentanément sa part de garantie afférente à ces 2 millions, venait d'en gagner 27 par l'augmentation des droits de douane sur les vins. 27 millions d'excédent de recettes, 2 millions de dépenses, voilà la vérité. Il est à souhaiter que le Trésor ne fasse jamais de plus mauvaises affaires. *(Applaudissements.)*

On ne recule devant rien. Tout récemment une certaine presse exploitait galamment, avec un patriotisme des plus délicats, le passage de l'empereur d'Allemagne, Guillaume II, à Berne, car tous les moyens sont bons pour crier : Haro ! sur les protectionnistes !... *(Applaudissements.)*

Voilà la campagne menée par nos adversaires : campagne de mensonges, campagne d'insinuations perfides. Ce serait, Messieurs, une grave imprudence, parce qu'elle est fausse et souvent absurde, de la mépriser et de ne rien faire pour l'arrêter. Toutes les erreurs font leur chemin quand on leur laisse le temps de s'accréditer ; elles finissent par envahir les cerveaux les plus intelligents. Je veux en donner la preuve par une petite anecdote qui m'a été racontée par

M. Jules Domergue, mon infatigable et dévoué collaborateur. Il était allé trouver un grand imprimeur de Paris : celui-ci n'est pas le premier venu, je ne veux pas le nommer ; il me suffit de dire que c'est un ingénieur sorti d'une de nos grandes Ecoles. Il imprime des journaux, ce qui rend l'anecdote encore plus piquante. M. Domergue s'adressait à lui pour l'impression du journal dont je dois vous entretenir. Il demanda à M. Domergue ce que serait ce journal, et M. Domergue commit l'imprudence de prononcer mon nom.

En l'entendant, l'imprimeur fit un bond : « M. Méline, dit-il, quel homme néfaste ! ce sont » des hommes qu'il faudrait jeter à l'eau. » Je cite, Messieurs, textuellement. *(Ah ! ah ! — Rires. — Cris : Très bien !)*

M. Domergue, stupéfait de cette brusque sortie, se borna à dire : « Pourquoi en voulez-vous » tant à M. Méline ?...

— » Parce que cet homme nous a indignement » trompés.

— » En quoi ?

— » En quoi ?... Mais c'est bien simple. Voilà » un homme qui a voulu nous persuader que » l'augmentation des droits de douane aurait » pour résultat d'augmenter les recettes du Tré-» sor, et tous les mois nous perdons de l'argent. » Il n'y a pas à dire, nous perdons de l'argent. Il » prétendait que notre exportation ne souffrirait » pas ou souffrirait peu, et elle diminue. Nous » ne vendons plus rien à l'étranger.»

M. Domergue, avec un grand sang-froid, lui répondit : « Vous êtes un homme sérieux. Je ne

» veux pas discuter avec vous en l'air ; per-
» mettez-moi seulement de vous mettre sous les
» yeux des documents officiels ; je vais vous
» apporter le budget et les documents officiels
» donnant le mouvement du commerce. Je
» suppose qu'ils auront quelque valeur pour
» vous.» Une heure après, il revenait et il lui
prouvait que l'augmentation de nos droits de
douane s'était traduite par un excédent de recettes de plus de 70 millions, et que notre exportation, bien loin de diminuer, avait augmenté.
C'était irréfutable. Après un moment de réflexion.
l'imprimeur voulut bien admettre qu'il s'était
trompé, et il dit à M. Domergue : « J'étais de bonne
» foi en accusant M. Méline ; mais alors comment
» se fait-il que les journaux impriment de pa-
» reilles énormités ? » Remarquez que c'était un
imprimeur de journaux qui tenait ce langage.
(Rires.)

Voilà un petit fait que je vous prie de retenir,
parce qu'il prouve que, quoi qu'on en dise, les
erreurs font leur chemin et qu'elles finiraient
par gagner plus qu'on ne le croit dans les masses
profondes de la population, si nous leur laissions
le temps de s'accréditer.

Voulez-vous un autre fait du même genre qui
s'est passé tout près de vous ? Je trouvais, ces
jours derniers, dans je ne sais plus quel journal,
une circulaire des syndicats ouvriers du Havre
à leurs adhérents, circulaire dans laquelle les
syndicats ouvriers proposent à ces adhérents et
aux autres syndicats de s'unir à eux pour demander la réduction, de 25 fr. à 8 fr., du droit
sur les salaisons américaines. C'était leur droit :

mais ce qu'il y a de caractéristique dans cette circulaire, c'est que la raison donnée par les syndicats était celle-ci : les nouveaux droits sur les salaisons en ont augmenté le prix dans des proportions exorbitantes. Les journaux d'agriculture ont répondu à ces pauvres ouvriers, qui probablement ne les liront pas, en leur disant que bien loin d'augmenter, depuis les nouveaux tarifs, le prix des salaisons a diminué : de 1 fr. 61, qu'il était avant, il est tombé aujourd'hui à 1 fr. 45 ; si bien que les ouvriers paient 16 centimes de moins ; et ils s'en prennent aux tarifs de douanes, à la protection ! Il est vrai qu'ils ont une excuse et qu'ils peuvent nous faire un reproche, c'est de ne pas les éclairer. (Applaudissements.)

Vous voyez, Messieurs, à quelle conclusion j'arrive, car je suis venu ici pour conclure, et j'y arrive.

Nous nous trouvons en face d'adversaires qui n'ont pas désarmé, au contraire. Ils sont très habiles dans leur tactique : ils poursuivent un but, et il est temps, il est grand temps que nous organisions à notre tour notre défense. Nous n'avons pas fait grand'chose jusqu'à présent, et je voudrais vous faire toucher du doigt votre infériorité en face de nos adversaires. Ils ne sont pas nombreux, il est vrai, mais c'est ce qui fait leur avantage, car il est beaucoup plus facile de grouper quelques hommes que de réunir toute une armée. Peu nombreux, ils se tiennent ; ils se concertent souvent et s'entendent à merveille.

L'état-major du libre-échange est à Paris. Il se compose des gros bonnets de la finance, des grands importateurs et des spéculateurs qui opèrent sur les produits étrangers. Ils ont leur appui dans les grands ports, dans le commerce de Lyon, le commerce seulement ; car la fabrique, aujourd'hui, a divorcé avec le commerce. Puissants, riches, audacieux, maîtres du marché financier, ce sont des chefs redoutables : quand ils ont donné un mot d'ordre, il est tout de suite obéi. Ils ont très bien compris qu'étant la minorité et n'ayant pas l'espérance de rallier la majorité de longtemps, il fallait opérer sur l'opinion publique ; et, pour opérer sur l'opinion publique, ils se sont emparés de la grande presse. Ils ont fondé des journaux; ils en subventionnent d'autres ; ce n'est un mystère pour personne qu'ils sont les maîtres de la presse parisienne presque tout entière.

Quant à vous, vous êtes une masse immense répandue sur toute la surface du pays, mais vous êtes dispersés, isolés les uns des autres. Vous avez bien de grandes sociétés d'agriculture et d'industrie, des comices agricoles, des syndicats de toute sorte ; mais la communication entre eux n'existe pas, il n'y a aucun lien qui les rattache pour leur donner une action commune. Et alors qu'arrive-t-il? quand une branche de production quelconque, industrielle ou agricole, se sent menacée dans ses intérêts par une mesure administrative ou par une proposition de loi, ses représentants accourent à Paris en toute hâte, elle envoie ses délégués au gouvernement et aux commissions parlementaires ; puis chacun rentre chez soi, croyant le danger passé. Elle est à peine partie que ses adversaires, qui sont au siège des pouvoirs publics, recommencent à agir et détruisent tout l'effet de ses efforts.

La tactique qui leur est le plus habituelle, et qui leur a le mieux réussi, consiste à opposer les industries les unes aux autres et à opposer l'agriculture aux industries. Heureusement les producteurs français ont fini par voir clair dans ce jeu dangereux et, pendant toute la discussion de la réforme douanière, le rapprochement s'est fait entre eux devant l'imminence du danger. L'instinct de la conservation a fait tomber toutes les divisions d'autrefois.

Cette union de l'agriculture et de l'industrie a été notre salut ; sans elle, nous allions à un désastre irréparable. Mais maintenant que le danger est passé, il importe plus que jamais de maintenir l'union de nos forces, si nous voulons garder les fruits de notre victoire.

Pour cela, il faut donner un centre fortement organisé à tous ces éléments épars, toujours prêts à se désagréger. Ce centre existe bien, mais il existe d'une façon tout à fait insuffisante ; il est représenté par l'Association dont je viens vous entretenir aujourd'hui : l'*Association de l'Industrie française*. C'est elle qui, la première, a arboré, il y a quatorze ans, le drapeau du travail national. *(Vifs applaudissements.)*

Quelques hommes d'initiative, soucieux de l'avenir, ont compris qu'il était temps de se mettre en bataille pour arrêter la ruine de notre industrie et de notre agriculture. Ces hommes ont droit à toute votre reconnaissance. A leur tête se trouvait l'un des vôtres, Messieurs, un homme qui vous a rendu d'immenses services, un croyant et un vaillant par excellence, l'intrépide Pouyer-Quertier. *(Applaudissements.)*

C'est lui, Messieurs, qui, avec son grand courage, avec ce courage que rien ne pouvait ébranler, et avec l'aide de quelques hommes, animés de la même foi que lui, a fondé cette Association. *(Applaudissements.)* Je suis heureux de retrouver et de saluer ici l'un de ses collaborateurs les plus dévoués, l'un de ses plus fidèles soutiens, dans la personne de votre honorable président, M. Thouroude. *(Applaudissements répétés.)*

Pouyer-Quertier, MM. Féray, Thouroude, Le Blan, Claude des Vosges et Noblot, de la Germonière, ce sont ces hommes intrépides qui ont jeté les premières bases de l'organisation de cette *Association* qui nous a sauvés depuis quatorze ans.

Depuis quatorze ans, ils sont restés sur la brèche, luttant avec une abnégation, une opiniâtreté que je connais seul pour les avoir vus à l'œuvre !... C'est à eux que nous devons nos succès ; c'est à eux, Messieurs, que nous devons la victoire définitive. *(Applaudissements.)* Nous ne saurions trop le rappeler, trop le répéter ; jamais nous n'applaudirons trop à leurs efforts. *(Vifs applaudissements.)* Il faut bien le dire, s'ils ont réussi, c'est par leur ténacité, par leur énergie personnelle ; ce n'est pas assurément par les moyens d'action dont ils pouvaient disposer : car ils sont bien peu de chose, comme vous allez le voir, pour le but immense qu'il faudrait atteindre.

Il faut que vous sachiez, je le dis bien bas, que

l'*Association de l'Industrie française*, qui devrait
être une puissance, qui devrait parler au nom
de la masse des producteurs français, est une
toute petite société, avec un « petit, tout petit »
nombre d'adhérents. Elle a, il est vrai dans son
sein, les têtes de colonne de la production française, mais il lui manque une armée. C'est de
cela qu'elle aurait besoin, car elle doit pouvoir
parler, non pas au nom d'une élite, mais au nom
de la masse.

Pour être forte devant le pays, j'en ai toujours
eu le sentiment, notre Association devrait être
l'Association de la production française tout
entière : production agricole, production industrielle et commerce lui-même. Plus nous avan-
çons en effet et plus il est établi par le méca-
nisme comparé des deux genres de production
que l'agriculture est une industrie comme une
autre : elle recourt aujourd'hui aux mêmes pro-
cédés que l'industrie ; comme elle, elle a besoin
de capitaux. Elle a les mêmes intérêts, et elle
doit se défendre sur le même terrain. (*Vifs applaudissements.*)

Elle a été unie à l'industrie pour la bataille ; il
faut que l'union survive à la bataille. (*Nombreuses marques d'assentiment.*) Aussi, quand
les honorables membres de l'*Association de l'Industrie française* sont venus me trouver pour
m'offrir l'honneur de les présider, j'ai éprouvé
d'abord une certaine hésitation, qui était bien
naturelle, si l'on songe au nouveau et lourd far-
deau qu'il s'agit pour moi d'ajouter à tant
d'autres qui m'accablent déjà. (*Applaudissements.*) Mais je ne tardai pas à faire taire mon

sentiment personnel, devant cette considération supérieure qu'il me serait peut-être permis, en prenant cette présidence, de vous rendre un dernier service, en faisant de cette *Association* une véritable institution organique de la production française. *(Applaudissements.)*

Il faut en toutes choses, quand on veut fonder pour l'avenir, que les institutions sur lesquelles on se repose soient indépendantes des hommes. Jusqu'à présent, la force de votre Association a tenu à la valeur et au courage personnel des hommes qui la composent ; ce n'est pas assez ; il faut, pour durer, qu'elle ne dépende que de sa puissance d'organisation ; il est nécessaire, en un mot, qu'elle porte les hommes et que ce ne soient pas les hommes qui la portent. *(Applaudissements.)*

Voilà pourquoi j'ai déclaré aux membres du Comité de l'Association que je n'acceptais la présidence qu'ils voulaient bien m'offrir qu'avec la pensée d'opérer avec eux une transformation qui me paraît indispensable, et je suis venu ici pour commencer ma campagne de propagande en faveur de ce projet.

Je viens d'abord adresser un appel, un appel pressant aux industriels qui m'entendent, pour leur demander de venir en plus grand nombre dans nos rangs. Il n'en est pas un qui ne devrait être un adhérent pour nous, s'il comprenait bien la force et les avantages de l'association dans nos sociétés modernes.

Je ne parle qu'en passant et en rougissant des ressources de l'Association. Oui, Messieurs, j'en rougis. Je lisais dernièrement dans un grand

journal que « M. Méline allait se mettre à la tête
» d'une association formidable, d'une ligue puis-
» sante, qui avait un budget de 3,200,000 fr. »
Je ne demande pas les 3 millions ; je me con-
tenterais bien de l'appoint ; hélas ! notre budget
en est bien loin. Il est à peine du quart du budget de l'*Association des Agriculteurs de France*.

Voilà, Messieurs, voilà l'état misérable de
cette « ligue très puissante ». J'espère qu'il me
suffira de signaler cette situation pour que les
industriels tiennent à honneur d'y mettre un
terme.

Mais il ne suffit pas que les industriels nous
viennent en masse ; il faut, Messieurs, — et il est
temps de le faire, — il faut que nous appelions
parmi nous les représentants de l'agriculture. Le
moment est venu de sceller définitivement l'union
de l'agriculture et de l'industrie, et c'est pour
cela que nous avons convié à cette grande réunion tous les agriculteurs de la région. *(Applaudissements.)*

J'étais bien sûr qu'une pareille idée recueil-
lerait vos applaudissements ; j'ai bien choisi,
d'ailleurs, mon terrain pour la prêcher, puisque
la grande Société qui a organisé notre réunion
ici renferme à la fois des représentants de l'industrie, de l'agriculture et même du commerce.
Je suis bien heureux, pour ma part, d'y rencon-
trer les représentants du commerce, car je suis,
quoi qu'on en ait dit, l'un des partisans sincères,
des amis les plus dévoués du vrai commerce. Je
suis, il est vrai, l'adversaire des intermédiaires
inutiles qui pèsent sur la consommation, mais
je suis plus convaincu que personne de l'utilité,

de la nécessité de ce grand commerce, qui s'ingénie à trouver partout, en France et à l'étranger, des débouchés pour nos industriels, pour nos agriculteurs, de ce grand commerce qui est indispensable à l'industrie, dont on ne peut pas le séparer. *(Vifs applaudissements.)*

Je demande à tous ces éléments réunis ici de vouloir bien se grouper à Paris, au centre des pouvoirs publics, dans le sein de l'*Association de l'Industrie française.*

Quand ceci sera fait, Messieurs, nous vous demanderons alors de donner à cette Association les moyens d'action dont elle a besoin pour vous défendre utilement, pour continuer la propagande de vos idées, et faire prévaloir dans toutes les questions les solutions qui vous intéressent. Le premier de tous, le plus indispensable à mon avis, parce que seul il peut donner aux autres leur valeur, c'est la fondation à Paris d'un grand organe quotidien politique et économique, qui représente vos idées et soit le défenseur attitré de la production française et du travail national.

C'est là, Messieurs, une idée que je poursuis depuis longtemps. C'est qu'en effet nous donnons en ce moment un spectacle unique au monde. Il n'y a pas, je crois, de pays où un grand parti comme le nôtre, qui représente des puissances comme l'agriculture et l'industrie, n'ait aucun organe quotidien pour le défendre.

Oh! je sais bien que nous avons des défenseurs, de très vaillants défenseurs même, dans la presse de province, et je suis le premier à proclamer que nous lui devons beaucoup, et que sans elle nous n'aurions pas pu vaincre; car c'est elle qui a défendu et maintenu au milieu des populations la vérité économique. Malheureusement, son cercle d'action est trop limité pour suffire à notre défense et surtout pour lui donner une direction d'ensemble.

Les lois ne se font pas dans les départements, mais à Paris, et, nous le savons, hélas! mieux que personne, dans un milieu souvent fort artificiel, qui pèse sur les représentants du pays comme sur tout le monde et auquel il n'est pas facile d'échapper. Mettez-vous à la place d'un député qui, chaque jour, lit des journaux absolument hostiles à ses idées, des journaux qui, avec une habileté merveilleuse, cherchent à ébranler ses convictions en ne faisant ressortir que ce qui nous est défavorable, et en l'égarant à dessein. Ils n'ignorent pas que ce député, qui connaît à merveille les intérêts de sa région, est moins attentif à une question qui intéresse une autre partie de la France et que là il est plus facile de lui faire illusion. Il suffit pour cela d'embrouiller un peu la question; et vous savez comme la presse s'y entend, quand elle le veut.

Voilà pourquoi il est nécessaire d'avoir un organe qui prévienne toutes les attaques, qui dénonce toutes les erreurs, qui fasse la lumière sur toutes les questions; le jour où nos adversaires sauront qu'il existe un journal pour démasquer leurs manœuvres et dévoiler leurs finesses, vous pouvez être bien convaincus qu'ils seront moins hardis, moins audacieux. On ose tout quand on sait que personne ne vous répondra, mais l'on devient très prudent lorsqu'on sait que la riposte va arriver promptement et qu'elle fera ressortir l'erreur, le mensonge ou la sottise de ceux qui attaquent.

J'ajoute qu'un grand organe vous rendrait le service de prévenir souvent bien des mesures fâcheuses qui, parfois, demandent des efforts énormes pour les réparer. Pour moi, j'ai la conviction que jamais le funeste traité avec la Suisse n'aurait été signé si nous avions pu, tous les jours, pendant le cours des pourparlers, avertir l'opinion publique, pousser le cri d'alarme, dénoncer ce qui se passait dans le cabinet d'un ministre, si nous avions pu avertir la Suisse elle-même que la majorité n'accepterait jamais ce projet. Nous aurions épargné au gouvernement une grosse imprudence et évité aux deux pays la situation regrettable qui en a été la conséquence. *(Vifs applaudissements.)*

Voilà, Messieurs, les services que pourrait nous rendre un grand organe politique, qui devient plus que jamais une nécessité de l'heure présente. *(Vives marques d'approbation.)*

Savez-vous pourquoi, en effet, nos adversaires redoublent de zèle en ce moment?... savez-vous pourquoi ils mènent cette campagne si persévérante et si enveloppante dans la presse de Paris?... C'est parce qu'ils voient approcher la période électorale et que le parti libre-échangiste n'est pas assez naïf pour s'en désintéresser. Je ne redoute pas ses attaques de face et je souhaiterais fort qu'il présentât son programme franchement au corps électoral. Il ne le fera pas parce qu'il sait bien qu'il serait battu. Il l'avoue du reste lui-même, et nous fait connaître le plan auquel il s'est arrêté.

Une réunion des chefs du libre-échange avait lieu la semaine dernière pour discuter l'attitude à prendre aux élections générales. Un homme prudent fit observer qu'il serait très sage de ne pas forcer les libres-échangistes à sortir leur drapeau et qu'il vaudrait beaucoup mieux ne rien demander aux candidats dans la crainte de les gêner. Il ajoutait, en forme de conclusion : « Mieux vaux voir les idées libérales, dont nous sommes les protagonistes, défendues par un élu après son élection, que de risquer de compromettre cette élection en emprisonnant le candidat dans les limites d'un programme dont l'ignorance de la majorité l'empêcherait de saisir la portée libérale ; » ce qui signifie en bon français : tâchons d'abord de tromper les électeurs pour entrer dans la place ; quand nous y serons, il sera toujours temps d'en ouvrir les portes.

Et maintenant, Messieurs, apercevez-vous l'intérêt immense qu'il y a pour vous à ne pas laisser les électeurs voter dans l'obscurité et à demander aux candidats des explications nettes et précises sur leur doctrine économique ? Il faut savoir avant tout s'ils sont résolus à défendre dans son ensemble le système qui a prévalu devant la Chambre actuelle : sur ce point il est indispensable qu'il n'y ait aucune ambiguïté.

Si vous n'avez pas une feuille vigilante pour avertir partout les électeurs et les comités, pour bien poser la question, pour empêcher qu'on l'escamote, il arrivera dans beaucoup de circonscriptions ce que nous avons déjà vu si souvent, c'est qu'on n'en parlera pas, qu'on n'agitera que la question politique, et puis, quand la

Chambre sera réunie, on s'apercevra seulement qu'elle n'a pas de programme économique. *(Applaudissements.)* Eh bien ! il faut qu'elle ait un programme économique ; la question en vaut bien la peine, puisqu'il y va des plus grands intérêts du pays.

Mais il n'y a pas aujourd'hui que des questions de tarifs. Maintenant que notre régime douanier est fixé, il s'agit d'en profiter et d'en tirer les conclusions en poussant partout au développement de la production. A ce développement, se rattachent d'innombrables questions, depuis les questions de transport, d'impôts et de travaux publics, de brevets d'invention et d'organisation industrielle, jusqu'à ces lois ouvrières si complexes, si délicates, et qui exigent une élaboration si attentive ; car en pareille matière, lorsqu'on se trompe, on peut faire beaucoup de mal à ceux qu'on croit favoriser ; la moindre erreur peut être mortelle pour les industries et pour les travailleurs eux-mêmes.

C'est à vous, Messieurs, qui représentez de si grands intérêts, à faire valoir vos raisons et à défendre les solutions les meilleures ; mais pour cela il vous faut un instrument qui vous permette de faire arriver votre voix jusqu'aux pouvoirs publics ; et cet instrument, c'est le journal.

Nous aurons aussi à étudier les questions qui touchent à notre exportation. Nos adversaires se sont fort étonnés qu'à l'*Association de l'Industrie française* nous voulions prendre en main ces questions. J'espère bien que nous les étonnerons davantage encore en leur prouvant que nous nous y intéressons autrement qu'en paroles. Si cela dépend de moi, l'*Association* tâchera de faire quelque chose de pratique dans cet ordre d'idées.

Faut-il parler enfin de ces questions d'intérêt régional qui, par leur caractère, leur importance, prennent les proportions de l'intérêt général ? Il y en a une, par exemple, dont on peut parler ici : c'est la fameuse question de Paris port de mer, qui est si peu connue à Paris même. Il ne manque pas de Parisiens qui se persuadent que la mer va arriver jusqu'à Paris, portant de magnifiques transatlantiques. *(Rires.)* Il s'est même trouvé un journal ingénieux pour expliquer les avantages d'une opération qui assurait au nouveau port, comme fret de retour, ces grandes et généreuses idées qui sont l'honneur de la capitale. *(Rires.)* Mais ce sont des problèmes trop sérieux pour qu'on en plaisante longtemps. J'ai tenu seulement à vous démontrer par un exemple la nécessité d'éclairer sans cesse l'opinion et le Parlement sur certaines questions mal comprises, pour éviter des surprises et quelquefois des désastres. C'est à la presse à jouer ce rôle de sentinelle vigilante.

Je voudrais bien aussi qu'elle s'occupât activement des choses de l'agriculture. Aujourd'hui le grand public commence à s'y intéresser et il faut profiter de ses bonnes dispositions pour lancer dans la circulation toutes les idées qui peuvent favoriser le progrès agricole; c'est la seule manière de secouer les apathiques et les indifférents. Vous savez avec quelle passion je m'attache en ce moment à la création, à l'organisation du crédit agricole. La Chambre vient de voter une loi qui permettrait de le faire fonctionner tout de suite dans le dernier de nos villages; si elle n'est pas parfaite, je crois qu'elle est la meilleure pour obtenir des résultats immédiats, et j'espère que le Sénat ne tardera pas à résoudre un problème aussi pressant. Mais il ne sera résolu qu'à moitié tant que la loi ne sera pas entrée en application et je ne me fais pas d'illusion, pour en venir à l'application il faudra beaucoup d'efforts, une propagande de tous les jours, une campagne de presse suivie et régulière.

C'est par la presse seulement, par la grande presse, qu'on peut agir sur la masse d'un pays. La presse seule peut pénétrer dans ses profondeurs par la forme incisive et attrayante qu'elle sait donner aux idées les plus arides. C'est sous cette forme que nous entendons faire campagne dans le grand journal que nous avons en vue; car nous sommes de ceux qui pensent que plus un journal est sérieux, plus il doit s'efforcer d'être intéressant. Il y a longtemps que mon collaborateur, M. Domergue, a résolu le problème; vous savez avec quelle plume alerte et vive il traite les plus difficiles questions et sait les rendre intelligibles pour tout le monde. *(Applaudissements.)*

Mais je ne veux pas m'appesantir davantage sur ces détails; car je m'aperçois qu'ils me font perdre de vue un point fort important.

Tout le monde comprend ici qu'un grand journal économique, pour exercer une action sur les pouvoirs publics, doit forcément être un journal politique et je lis dans votre pensée la question

que vous me posez tous : « Quelle sera la nuance
de ce journal?... » Je n'entends pas esquiver
une explication qui exige une entière franchise.
Le journal que nous avons l'intention de créer
ne peut être que nettement, franchement, sincèrement républicain. *(Applaudissements.)* Je suis
convaincu qu'il ne se trouvera personne pour me
demander de désavouer les idées de toute ma
vie. *(Applaudissements.)* J'ajoute, Messieurs, que
ce qui me met à l'aise avec mes idées, c'est que
j'ai la conviction qu'un journal pareil répondra
à l'opinion de la masse immense des producteurs
français dont il est chargé de défendre les intérêts. *(Applaudissements.)*

Ce sont des gens d'esprit pratique qui n'ont
pas le fétichisme des formules de gouvernement ; ils ne demandent qu'une chose : un bon
gouvernement qui leur permette de travailler
en paix. Ils ont compris depuis longtemps que la
France était désormais une démocratie, et qu'il
était impossible de la ramener en arrière ; or il n'y
a que la forme républicaine qui puisse s'adapter à
une démocratie. Ils ont compris aussi que cette
forme de gouvernement a l'avantage de garantir
à la fois l'ordre à l'intérieur et la sécurité à l'extérieur ; il n'y a en effet qu'un gouvernement
impersonnel qui ait assez de force et d'autorité
pour faire respecter la loi et réprimer le désordre.
Il n'y a qu'une nation maîtresse de ses destinées
qui soit incapable de se lancer dans les aventures.
Il suffit, pour s'en convaincre, de regarder ce
qui se passe à côté de nous en ce moment ; chez
nos voisins, il suffit qu'il y ait l'ombre d'un doute
sur la volonté cachée du chef de l'Etat, pour que

l'inquiétude soit partout. Chez nous, rien de semblable.

Ce sont ces réflexions bien simples qui rallient de plus en plus la masse de la population à la forme de gouvernement existante, à la République. Elle ne demande qu'une chose, c'est que cette République de travail et de progrès, qui est sortie maintenant de sa période militante, se conduise comme un gouvernement qui a conscience de sa force, large d'esprit, tolérant dans sa politique, ouvert aux bons Français qui viennent à lui, sincèrement, avec désintéressement, sans arrière-pensée. (Applaudissements.)

C'est cette République que j'ai défendue toute ma vie; c'est celle-là que je continuerai à défendre. Je la défendrai d'autant plus que seule elle peut nous permettre de concentrer toute l'activité, toute l'attention des pouvoirs publics sur ces innombrables problèmes qui intéressent à un si haut degré la prospérité, l'avenir et la grandeur de la France. (Applaudissements prolongés.)

Messieurs, j'en ai fini; je vous demande pardon d'avoir ainsi abusé de votre attention; mais il y avait bien longtemps que je n'avais eu le plaisir de causer avec vous, et vous me pardonnerez de m'être un peu oublié. (Applaudissements.)

J'aurais beaucoup de choses encore à vous dire, mais j'y renonce; j'aurais à vous entretenir plus spécialement des conclusions pratiques auxquelles je voulais arriver, de la transformation de notre Association, de l'introduction dans ses rangs de l'élément agricole, de la fondation du journal, du mode de souscription, etc. Je suis obligé de laisser de côté toutes ces questions, qu'il serait du reste difficile de traiter dans une aussi imposante réunion. Je vous demanderai seulement, pour ne pas sortir d'ici sans avoir rien fait, de nommer tout à l'heure un Comité, réunissant tous les éléments de l'industrie, du commerce et de l'agriculture et qui serait chargé de résoudre les différents points que je vous ai indiqués. Dès que vous l'aurez désigné, je me mettrai en rapport immédiat avec lui. Je crois cependant devoir vous fournir dès à présent quelques renseignements utiles et intéressants.

Et d'abord, en ce qui concerne l'introduction de l'agriculture dans l'Association, je tiens à ce qu'il soit bien compris qu'il n'entre pas dans notre pensée de toucher en quoi que ce soit au fonctionnement des sociétés d'agriculture existantes. Ces sociétés s'acquittent trop bien de leur mission, elles rendent dans leur domaine assez de services pour que nous ne songions pas à les diminuer. Nous demandons simplement à ces associations agricoles de nous envoyer des délégués pour discuter en commun toutes les questions où l'intérêt général de la production française se trouve engagé.

J'arrive au journal. Sa fondation a été résolue à l'unanimité par le Comité de l'*Association de l'Industrie française*; mais il va sans dire que l'Association, en prenant cette initiative, dans l'intérêt des idées qu'elle défend, n'entend nullement faire du journal sa chose. Ce sera une œuvre à part, complètement distincte, avec son budget particulier et son administration propre. L'Association se bornera à lui rendre des services, en lui apportant des abonnés et même, si ses ressources le lui permettent, en le subventionnant. Le journal profitera donc de l'Association, et ce n'est pas l'Association qui tirera profit du journal.

Je dois dire du reste que l'idée a été comprise partout et que le succès parait assuré si on en juge par les résultats déjà acquis.

Dans le département que j'ai l'honneur de représenter, ils sont des plus encourageants. Ce n'est pas un grand département comme le vôtre, et cependant la souscription y a déjà atteint 260,000 fr., dont 160,000 fr. représentent la part de dix-neuf industriels seulement. Je sais très bien que je n'ai nullement besoin de ces exemples et de ces comparaisons pour réveiller votre émulation. J'ai seulement voulu vous prouver que partout, dans les Vosges comme en Normandie, le même sentiment se dégage : tout le monde comprend qu'il est impossible de rester plus longtemps dans la situation d'infériorité où nous nous trouvons, qu'il est temps de s'organiser, de construire la forteresse qui doit abriter ce que nous avons fondé et assurer à jamais les conquêtes et l'avenir du travail national. *(Triple salve d'applaudissements. — M. Méline est chaudement félicité par toutes les personnes qui l'entourent.)*

ROUEN. — IMP. DE L. BRIÈRE

www.ingramcontent.com/pod-product-compliance
Lightning Source LLC
Chambersburg PA
CBHW060857180626
46818CB00004B/1736